本の泉社マイブックレット　No.11

―3月10日、夫・子・母を失う―

炎の中、娘は背中で……

鎌田十六・早乙女勝元

表紙画・小野沢さんいち氏

【語り継ぐ東京大空襲】

―三月一〇日、夫・子・母を失う―

『炎の中、娘は背中で……』

鎌田《かまた》十六《とむ》

感謝の毎日です

私は、五臓六腑どこも悪いところがないんですよ。こないだ、市の健康診断でお医者さんもびっくりしていました。あんまり長生きしているので、自分でもびっくりしていますよ。憎まれっ子世にはびこるっていうけれど、私のことでしょうかね。美人薄命ともいうけれど、私は美人じゃないから、いつまでも生きているのかもしれませんよ。

介護保険ができたときに、市役所に行って、私はもう年ですから、病気になったら死んでしまうので、保険料はかけたくありません、と言ったら、「介護保険で助かる人が大勢いるのですよ」「そうですか、皆さんが助かるならかけましょう」と、払っています。

「喪中につき」っていう葉書がきますが、一〇〇歳以上の人からも来ますよ。去年は三枚来ましたね。長生きしていますね。七〇歳代の後輩のお母さんは、一〇三歳でしたね。「母は、毎朝、散歩したりして、のんびりと暮らしていました」とありました。

いつまで生きていくんでしょうか、いやになっちゃいますね。九一歳の妹と二人で暮らしていますが、お互いに耳が遠いので、言葉がいき違って、しょっちゅうけんかしています。

職場の後輩や子どもたちから贈られた花の前で

町内で、一人暮らしのお年よりを対象に、隔月にお食事会があるんですよ。三〇〇円の会費です。ボランティアの人が食事をつくるんです。私は、知らない人とでもおしゃべりしてきます。行った先、行った先、楽しいことばかりなんです。

地域の小学校の子どもたちから手紙がくるんです。この子たちは一所懸命書いてくれたんだなと思って、返事を書きました。子どもに返事を書くのはむずかしいですね。

そしたら、また、子どもから返事がきました。葉書にぎっしりと書いてあるんです。

「おばあちゃん、お手紙ありがとうございました。とってもうれしかったです。朝礼のときに、校長先生からほめられました。おばあちゃんも、いつまでも元気でいてください。僕も、遊びに勉強にがんばります。いつまでもお元気でね」

バスに乗っても、先に乗せてくれて、席を譲ってくれますし、皆さんにお世話になっています。感謝、感謝で生きる毎日です。

東京に出てきたかった

一月一六日で九五歳になりました。誕生日を忘れないようにと、父がつけてくれた名前ですけど、トムと読みます。おかげで、ずっと男と間違えられましてね、ひどい目にもあいました。

自分でもあきれるほど長生きをしてきたので、いろんなことがございました。でも、あの戦争さえなかったら……と、いつも思いますねえ。ほら、そこに飾ってあるのが、戦災死した母と夫ですよ。子どもの写真はありません。生まれてまだ七か月でしたから。

当時、私たちは四人家族で、浅草の蔵前二丁目に住んでいました。七一歳になる私の母うめと夫の茂、それに娘の早苗です。

昭和一六年一二月八日に米国と戦争が始まりました。私が二五歳のときです。

「あっ、この戦争は負けるな」とすぐ思いました。あんな大国を相手にして勝つはずはないと思いましたよ。神の国とか、神風が吹くとか言われていました。蒙古《もうこ》が攻めてきたとき、船がひっくり返ったのは偶然なんですからね。あんなことがまた繰り返されるはずはないんですよ。

「東洋平和のためならばなんでいのちが惜しかろう」なんて歌いましたがね。「勝って来るぞと勇ましく」もお琴でひきましたもの。戦地に行った人の家族の慰問《いもん》のために、お琴をかついで、バスに乗って、あちこち回りました。

話は前後しますが、こないだ、『きけ　わだつみのこえ』を読み返しました。学徒兵の遺稿集ですがね。

「姉さん、僕、死にたくないな」。そりゃあ死にたくはないでしょう。若いんですもの。出兵の際、神社の前にみんなで並んで送ってもらうときに、彼らは立派なあいさつをしましたね。「お国のために尽くしてきます」と。

なんて悲壮なんだろう、涙して読みましたけどね。みんな、その気持ちだったと思います。

娘時代の鎌田さん

私の生まれは、善光寺のある信州の長野市です。妹のほかに姉や兄がいましたが、姉は一八歳のときに、兄は二二歳のときに病死しました。腹違いの兄の嫁は鬼のような人でした。私は粗末に扱われました。父が檀家《だんか》の世話役をしていたお寺さんのおばさんに、とてもかわいがられて、そのおばさんのところでほとんど生活していました。そのときに、東京に出て行ってお琴の先生をしていた人が、お寺にきて、お琴を習うつもりはないかといってくれたのです。とにかく、兄嫁から離

結婚した当時の鎌田さん夫婦

れたかったですから。

そうして、お琴の先生を頼って、東京に出てきました。先生のところに五年もいました。辛い修行でしたが、五年間勤めあげました。お琴は、一人前になるのに五年かかります。

お琴を教える資格をとり、また、長野に帰ったけれど、いづらいんですね。お寺の檀家の人が東京に行くというので、私も東京に行きたい、と言ったら、それじゃあ、しばらく私のところに泊まればいい、と言ってくれたので、思いきって上京しました。

会社勤めは忙しくて、お琴はできませんでした。

夫となった彼は、七つも年下なのに、しかも、私には実母がいるのに、私のどこがいいのか、いっしょになろうと言ってくれたので、結婚しました。

夫が亡くなった後、一歳、さばを読んでいて、八歳年下だったとわかりました。姉さん女房。私たち、流行の先端を行っていたんです。

夫は、すごく大事にしてくれました。

夫の実家は、大森の洗足池にありました。私の勤め先は五反田にあったので、五反田のアパートに住んでいました。夫とは、その会社で知り合いました。夫には、若いのに苦労をかけました。

満月を子どもとながめた夜

私たちは一度、母の実家の信州に疎開したんですよ。でも、やっぱり招かれざる客でしたねえ。いたたまれずに蔵前に移ってきて、二カ月ばかりたったころでした。夫は連日の空襲を心配しまして、いずれまた、信州のつてを頼って行くつもりでした。

夫は軍需《ぐんじゅ》工場に勤めていました。本当は徴兵年齢ですけれど、召集日に風邪を引きましてね、そのために即日帰京になりました。

あのとき、受かっていれば、どうなったでしょう。空襲で死ぬことはなかったろうと思います。

生前の主人、茂さん

昭和一九年一一月以来、昼夜の別なく、一日に何回となく飛来する米機投下の焼夷弾《しょういだん》、小型爆弾の命中で、私の住む浅草・蔵前の周囲には、焼け跡が薄気味悪く点々とありました。

そのときの爆風で窓ガラスは木っ端みじんになり、台所の棚の三〇センチのすりばちは、吹き飛ばされました。灯火管制で外灯がなくなり、家の中も明るいと敵機の目標になるからと外部に洩れぬよう電灯を黒い布などで覆い、電灯の真下だけが明るいのです。そのうえ、軍事生産や軍部関係に電力を回すために、家庭向けの電気はかぼそくなりました。ガスも同様に火力も弱くされました。売る品物もなくなった商店は全部雨戸を閉めていました。外灯もない街のあちこちには、焼け落ちた家の跡に倒れかかった黒い柱が、恨み噛んで死んだ人の姿にさえ見えました。

そんなことには関係なく、昭和二〇年三月九日の夜は美しく丸いお月様が下界を照らしていました。私は背中の七カ月足らずの子に、お月様を眺めさせました。

その当時、朝日や月を神化して見ていたので、月に向かって今夜も無事でありますようにと、手を合わせました。私たち家族は人に後ろ指を指されるような悪いことをしていないので、神仏は必ず守ってくれるものと信じていました。明治天皇の御製に、「人として誠の道を歩むならば祈らずとても神は守らん」とあるように。

焼夷弾でたちまち火の海に

その夜一〇時半前後、敵機接近の警戒警報がサイレンで報じられました。すぐにラジオのスイッチを入れました。どちら方面よりと放送されたはずですが、今はもう記憶にはありません。すぐに布団の中から眠っている子どもを起こして背負いました。

もちろん、私たちは毎夜、いつでも行動をとれる支度で布団にもぐっていました。子どもを背負うと同時に、私の母も起こしました。

母は、七〇歳を越していたので耳も遠くサイレンの音も聞こえず、体も思うように動きません。すべては暗い中での行動です。隣組に税務部があり大きな防空壕があったので、私たちもそこに避難しました。幸い敵機は来ず、間もなく静かになったので、空の月を眺めながら家に戻りました。

そのときは、ふと、こんなに明るくお月様が照らしていたのでは、無灯火にしても効果がないのではないかと思ったものです。

炎の道路　お母さんがいない（小野沢さんいち氏画）

家に入り、横になる間もなく、高射砲のすごい音が続けざまに響きました。同時に、敵か味方かわからない飛行機のものすごい爆音がしました。味方のはずはありませんよね。

二階の窓から見ると、だいぶ離れた所に火の手があがっています。みるみるうちに、何カ所からも火が噴き出し、あたりはもう火の海です。

敵機が何かを落としています。見ていると、空と地上との中間でいくつかに割れて落ちてきます。数分後にはその辺が火の海となってしまいます。

後で聞いた話ですが、親子焼夷弾というものだそうです。飛行しながら一個落とすと、親から子どもが離れるように、バラバラに分かれて落下して燃え上がるのです。日本の飛行機は出動しているのかどうか、さっぱりわかりません。

あちこちで上がった火の手は、人の体も吹き飛ばすほどの風にあおられて、たちまち一面の火の海となり、火の粉がどんどん飛んできて、爆風で破損した窓ガラスの間から飛び込んできます。空襲のたびにそうですが、水道からは水が出ません。とにかく、火の粉を消さなくては、わが家から火を出してしまいます。座布団などで叩いて消していましたが、とても間に合いません。

避難する人たちが多勢、まだ焼け残っている私たちのほうへ来て疲れを休めています。リヤカーに荷を乗せている人、荷物を背負い子どもの手を引いている人。しかし、火勢はどんどん近づいてきます。隣組同士で相談して、もう、これ以上は手がくだせないから避難しようということになりました。

私たちも、母の想い出の品や妹から預かった品などを外に持ち出しました。しかし、風速何十メートルかの風にあおられ、見ている前で箱のふたが開き、持ち出した品物は、あっという間に風にさらわれてしまいました。

火の粉が激しく吹きつけ、舞い出る衣類を追いかけようとする心とは逆の方へ、私の体は吹き飛ばされてしまいました。

私の体は、疲れ果てて綿のようでした。持ち出した品々はどこへ飛ばされたのかわかりません。申し訳なさで胸がいっぱいでした。

オムツを入れたボストンバッグと母の身は夫が守ってくれました。私は早苗を背負って、人の後について、四人で避難しました。

隅田川のごみ処理場に避難して

しかし、その地に居住して五〇日の私は、土地に詳しくなく、人について行ってたどり着いたところは隅田川のほとり、厩橋《うまやばし》と蔵前橋の間でした。

当時、箱つきの大八車で家庭のごみを集めていました。そのごみを入り江に着けた船の上に落とし、ごみ捨て場のある海の方へ運ぶ場所でした。三方はコンクリートの高い塀に囲まれた所で、河向こうは本所です。

そこは、最初は安全な場所と思われましたが、塀の周囲に火の手が近づくにつれ、塀が熱していたたまれなくなりました。ごうごうと、うなり声を上げて迫りくる火の粉や煙で、とても目を開けてはいられません。子どもは、背中で必死な声で泣き続けています。七カ月の赤子にも、生死の境というのがわかるんでしょうね。きっと。

それまで、後ろで子どもをかばっていた夫の姿が見えません。火の海が迫ってきて、このままでは身の置き所がなくなると思い、安全な場所を探すために母を残して、五、六歩進んだところで、入り江の車止めにつまずいて川の中へ、水しぶきを上げて、頭から落ちてしまいました。

水音で気づき、私に続いて飛び込んだ夫がそばに来て、母はどうしたと聞くので、まだ上にいると言いました。そうすると、彼は、非常に落胆して顔を引きつらせました。私の生母ゆえに余計に申し訳なさが加わったようでした。

夫は、コンクリートの高い壁を見上げて、南無妙法蓮華経を唱えはじめました。上は炎がぐわぐわと渦巻いていて、どうすることもできません。

川のなかは、火あかりで昼のようです。水中に入ったので熱さからは逃れられました。母はどうしているかしら、残してくるつもりではなかったのに。母は田舎から出て来て、私たちだけが頼りなのに……。私たちを恨んでいるだろうか？　でも日頃から、年だからいつ死んでもいいと言って、私たちのことだけを案じてくれた母……。

そのうち、川の水が肌にしみてきました。なんと冷たいことか！　なにしろ数日前の雪がまだ残っていましたから。とくに脇の下から入る水が、内臓を刃物で刺すようです。沁みこまないように腕をしっかりと体にくっつけていました。

それもわずかの間のみで、私は、だんだんと疲れてきました。ふうーっと感覚がなくなっていくんですよ。背中の子の泣く声もだんだん弱々しくなってきました。泣き疲れて眠くなったのだろうと思いました。そういう自分も眠気が出てきました。眠っていれば冷たさを忘れていられると、うつらうつらしながら、ふと気がつきました。私がこのまま眠り、もし水の中に倒れたら子どもはどうなるのだろう？

夫は、私たちを少しでも安全な場所に連れて行こうと、先に入江のなかに入ってみましたが、上までは四メートルもあり、どうにもなりません。そのとき、川のなかに横倒しになったごみ車があって、何人かが箱の上にしがみついています。私は、けんめいにそこまで歩いて行って、叫んだのです。

「助けて！　子どもだけでも」

「だめだ、もう乗れない」と言う声が返ってきました。でも、「一人ぐらいなら乗れるだろう」という男の人がいて、親切にも、二人ほどで私の手をひっぱりあげてくれたのです。

夫は？　と振り返ると、数歩離れたところに、おりました。もうお念仏は唱えていません。私は、あなたも一緒に車の上に上がったらと、と呼びたかったのだけれど、その力はなく、後のことは、なんにもわからなくなってしまいました。

焼死体につまずきながら肉親をさがす

どのくらい過ぎたでしょうか。誰かに呼ばれるような気がしてふと目を開きました。見上げると、夜が明け始めていました。私は気を失っていたと聞かされました。話の声は、川の中と川上とのやりとりでした。上からは「今ハシゴを持ってくるから、待っていろ」との声がします。間もなく、ハシゴが降ろされました。

男の人たちは、女の人から先にいってくれと言いました。私は、三番目に上がりましたが、体がどうかしてしまい、息切れが激しくて、最後の一段はどうしても足が地面に届かず、再び川面に落ちてしまいそうです。私が上がり切らなくては次の人が上がれません。しばらく呼吸を整えて、死にそうな思いで、ありったけの力を出して、やっと上がりました。

地面はとても熱くて、裸足の裏にはこたえました。母のいた場所あたりは、まだ燃えているものがありました。動けなかった大勢の人たちの身体が、固まって燃えていたのだと思います。

私の身体は、凍って思うように動けません。その火で温めているうちに、手足が少しずつ動くようになりました。どこにも母の姿はありません。神仏が助けてどこかに連れて行ってくれたのでしょうか？　川の中にも夫はいません。先に落ち着き場所を見つけて、私たちを迎えに来てくれるかもしれない。男なんだから必ず来るだろう、としばらくその場で待っていましたが、足の裏が熱くて、いつまでもそこにいられません。

「あそこに見える国民学校が避難場所だ」と誰かに教えられて、そちらに向かいました。

煙で傷めた目は、太陽の光がまぶしくて、開けていられません。数歩先まで確かめては眼を閉じて進みました。何かにつまずき、目を開けてみると、性別も判らぬ黒こげの焼死体でした。

そんなことを何回もくり返しながら、熱い、熱い道を進んでいくと、下駄が片方落ちていました。これは天からの授かり物とばかり片方の足に履き、また進んでいくと、もう片方の下駄が落ちているではありませんか。それで、裸足で歩かなくてもすみました。

身体は、まだ凍っているらしく、少し間をおくと動けなくなります。焼け残りの火の所でたたずんでは身体を温め、動けるようになるとまた進み、そして死体にぶつかる。しかし、恐ろしいという感じはまったくありません。

全身ぬれねずみになったせいか風邪をひいたらしく、鼻汁がしきりに出ますが、紙切れ一枚ありません。ようやく学校に近づいたときに、風に吹かれた一枚の大きい模造紙が舞ってきました。

地獄で仏とばかりその紙を拾い、チリ紙として大切に使用しました。

「赤ちゃんは亡くなっています……」

やっと学校にたどり着きました。入り口に一人の保健婦さんがいました。真っ先に背中の子どもの様子をたずねたんです。すると、とんでもない答えが返ってきました。

保健婦さんは、静かにやさしく「赤ちゃんは、もう亡くなっています。あなたは赤ちゃんの分まで元気になって」と。こんなに一生懸命守ってきたのに、信じられません。

避難所に早変わりした教室へ入っていくと、どの教室も人で溢れていました。一つの場所を見つけ、背中から子どもをおろしました。グッタリしたわが子。お地蔵さんのように可愛い顔の鼻にも額にも火傷の跡がいっぱい。衣類は川に入ったのでビッショリ。火攻め、水攻めとはこのことか。あと一五日もすると七カ月になるわが子の顔を見つめながら、体をさすっていましたが、なぜか涙は出ませんでした。もう悲しみを通り越していたのだろうと思います。

私はこんなに冷たい母親だったのかと、わが子に心で詫びました。きっと来てくれるであろう夫にこの子を見せたかった。夫は何と言うであろうか。母はどこにいるのであろうか？　待ち切れず、今朝、上がった川辺まで行ってみましたが、もう誰もいません。

まだ、体の調子は本当でなく、衣類も乾ききってはいないうえに、少し歩くと息切れがします。とにかく、夫に会ってから全てを決めようと考えながら、わが子の許に戻りました。「一人にしておいてごめんね」。時間が経つにしたがい、どんどん不安になってきました。

そこへ、親せきの者が捜しに来てくれました。とりあえず白鬚橋《しらひげばし》近くの親戚宅へ行きました。

昨日の今頃、わが子はニコニコ笑って、可愛い子とあやされていたのに、今はもうこの世の子ではありません。わが子を背負って歩く私は、ときどき息切れがして、歩行困難になりましたが、くじけてはいられません。子どもの首は力なくダラリと後に反りかえっており、私の体に重みが喰い入ります。

私より先に、夫は親せき宅に行っているのでは？　そうあって欲しいと念じながら、ようやくたどり着いてみましたが、願いはむなしく夫の姿はありません。時間的にいっても絶望と覚悟しなければなりません。

落ち着き先の親せきの人々は、列車の乗車券もなかなか手に入らないのに、手分けして、夫や私の肉親関係に県外まで知らせに走ってくれました。

子どものために無い材料を工面し、棺箱を作っていただき、そのなかにさっそく納めて、改めてわが子の死に顔を見つめました。ところどころ火傷はあるが、まるで眠っているようでした。昨夜より母乳を与えていない私の乳房は張りつめて球のようです。子どもを抱き上げ、冷たくなった口許に乳汁をしぼり入れました。

「あなたのお乳は、差し乳だから、溜まっていないので、おいしい良い母乳ですよ」と赤十字病院産院で言われて喜んだのに、もうわが子は飲んでくれません。

夫と母のお骨をひろう

それから、毎日のように母と夫を探しに行きました。

私たちの入った川岸では、多数の作業員が、川の中から引き上げた数知れぬ死体を並べていました。冷たい水の中の作業なのに、どの人も汗を流して、死体の運搬に大わらわでした。子どもを背負った母親の遺体が引き上げられました。作業員の人は、どんなにか疲れているだろうに、子どもを下にするなと話しながら、母親と横向きに寝かせてやりました。見ていた人々の涙を誘いました。

幾日も遺体の引き上げは続きました。どの遺体の顔も紅潮して眠っているようでした。数え切れない遺体のなかにも、母も夫も加わってはいませんでした。夫のいたところは入り江の中だから、上げ潮引き潮に関係ないので、きっとあのままの場所にいると思われます。それを聞いた白鬚橋辺の船頭さんが、仏の供養にと、私たちを船にのせ隅田川を下って、現場まで連れてきてくださいました。しかし、あいにくの引き潮のため、入り江の中は浅くて入れません。私の指す場所へ親せきの者が行ってみると、間違いなく水の中に夫は倒れていました。

夫の死体を引き上げ、蔵前警察に届け出て、立ち会ってもらいました。警察の人は「このドサクサのおり、明日のことはわからないから、肉親の手でお骨にして持ち帰ったほうがよい、こち

猛火の中で亡くなった母・うめさん

らは公にしないから」とのことでした。

焼場から、焼けボックイを運び、井桁に組みました。その上に夫と子どもを乗せて、一緒に焼きました。ここは母と別れた場所、母も私をさがしに来ないかしらと、お骨にする四、五時間の間、ひたすら待ち続けました。風の冷たくなった夕方四時過ぎに、夫と子どものお骨ができました。すごく美しい白骨でした。茂さん、早苗ちゃんサヨナラ、あなたたちの仇を討ってから、私も必ず行くから待っていてね。新聞紙の中に白骨を包みました。

茨城から出てきた夫の兄に「ここにお母さんがいたのなら、お骨はこんなに山のように重なっているが、肉親の手で拾えば、きっと、お母さんのお骨を拾えるでしょう」と言われました。ここが母の最期の場であったのだと自分に言い聞かせながら、そこの骨を拾いました。焼けてから六日も経ているのに、たくさんのお骨はまだ温かかった。

なにもかも燃えつきてしまったのに、お骨の下から、母が身につけていた真綿で作った背中あてが見つかりました。真綿を丸くしてのりでかため、オリーブ色に染め、黒のビロードを襟にかけた品が、端が少し焼けただけで出てきました。私は驚くとともに、思わず抱きしめてしまいました。

母と夫と子どものお骨を抱いて、夫の母の家に行きました。

自分だけがオメオメと生き残ってしまって、何と詫びたらよいのかと、道みち心は重かった。私は、「すいませんでした」と詫びながら、新聞紙に包んだ骨を母にあずけました。夫の母は、息子の骨箱を抱きかかえ「情けない姿で帰ってきたね」と、いたわるように撫でまわし、涙をホロホロとこぼしました。私は、夫の母の前で、生きた心地もせず、小さくなっていました。

ところが義母は「あなただけでも元気で来てくださって、ほんとうによかった。無縁仏にならずに済んだ。みんなの分まで長生きしてくださいね」と言葉をかけてくれました。義母の情のこもった言葉に心がゆるんだのか、初めてすすり上げて泣きました。泣いて泣いて、涙という涙が出つくしてしまいました。義母も泣きました。二人一緒に泣きました。

それからというもの、誰もいない所にいると、ひとりで泣けてきて、オイオイと泣き続けました。

長野の母の実家に行って、そこでお坊さんを呼んで、葬式をしてもらいました。

戦争孤児にびっくり

あれから六二年経ちましたが、今でもわが子を背負った重み、抱いたときの感じを忘れません。私が助かったのは、あの子をおぶっていて、背中がかわいていたからです。あなたも守れなかったおろかな母親、私の身代わりになってしまった夫、母を救えなかった親不孝な娘、なんと私は悪性なのかと思うたびに、胸が痛んでは涙がこぼれます。

その後、子どものある人から再婚の話がいくつか申し込まれました。しかし、自分の子さえ育てられなかった私が、人様の大切な子どもさんを育てる資格があるでしょうか。あの悲惨な死出の旅に追いやられた家族のことを、どうして忘れられましょう。思いきり泣きたくて、嗚咽《おえつ》をひとしきりしてから、泣いたとて、あの世からみんなは帰ってこないのだと思って、涙を払い落としました。

温かく結ばれていた四人の家族愛を一瞬にして、無惨にもぎとられてしまった後の空虚さと手持ち無沙汰をどうすることもできませんでした。

敗戦後は、夜になると、螢火のような外灯が灯り、家の中も遠慮なく電気をつけられるようになりました。ああ、今頃健在でいたら、わが子は電灯を見て喜々としたであろう。老眼の母も暮らしよくなったでしょうに……。何につけても想い出されます。

荷物を背負った老婆が前を歩いていると、もしや母ではと走っていって顔を見たり、はかない心になったこともしばしばでした。暗い道を通るときは、自然に泣けてきて、手放しで声を上げて泣きながら歩き、明るい場所が近づくとピタリと止め、気持ちを変え、晴れやかな表情で人々と行き交いました。

三月一〇日の一周忌、東京大空襲の犠牲者の遺骨が上野の山に一時葬られたことを聞き、参詣《さんけい》しました。列車の線路側の山は、見渡すかぎり土葬され、そのおびただしい数に、いまさらに戦争の恐ろしさを見つめ直しました。

私も肉親を失い、家や家財道具を焼かれ、食べる物もない、着たきり雀です。上野駅前に出てみると、職を失った人びとが、道端に箱などを並べ、物を売っている列がどこまでも続いていました。その店のまわりを、衣類も体も汚れ放題の子どもたちが、たくましく、たむろしていたのに驚きました。家も親も失った戦争孤児と聞き、またびっくり。私が、おにぎりの包みを開けたとたんに、横からふいっと手が出てくる。子どもたちが次々と「ほしい、ほしい」と言って手を出すのです。

かわいそうで、しばらくはそこを動けませんでした。帰途、その子たちのことで頭の中がいっぱいでした。国の犠牲となったこの子たちを国はなぜ面倒見ないのだろうか。世間知らずの私には、さっぱりわかりません。

戦災孤児の母親代わりに

戦災孤児を見たことはとてもショックでした。ああ、この子たちは、私と同じ目にあったのだ。親も、家もなく、これからどうするんだろう、などと考えると、しばらくは身動きもできませんでした。

当時、私は、世田谷の上馬に住んでいました。だれもいなくなってしまって、一人ぼっちだったんです。そうだ、戦争で生き残った私は、この子たちの面倒を見てあげたい、いっしょに住んでみたいと思いました。そんな思いをもって職を探しました。

そんなことで、戦災孤児たちの養護施設で働くようになりました。板橋にある都立養育院です。子どもの数が多くて、人手がなくて困っていました。

そして、保母として、大勢の子どもたちの母親代わりとなりました。就職当時は「狩り込み」といって、繁華街よりトラックで一日三、四台浮浪者が運ばれてきました。その頃は、九五畳の畳の部屋に、一五〇人くらいの子どもたちがいました。女の子も三〇人ほどいました。それを三人の保母でみていました。下働きさんも四、五人いました。人員確認のため、食事の前に点呼をしますが、顔と名前がなかなか結びつかなくて困りました。

親を失った子どもたちは、「お母さん」「お母さん」と言って、私によくなついてくれましたが、巷にいたほうが好みの食事ができるので、長続きする子は少なかったです。

養育院の子どもたちとともに

子どもたちは、売っているものをかっぱらって食べちゃうんです。夏は、切り売りのスイカの頭のとこだけをつまんで食べてしまう。たまごを盗んでは追いかけられる。
養育院に就職してから、子どもたちから世間の話をいろいろ聞かされ、自分の世間知らずに気づきました。子どもたちのおかげで、私もだいぶ社会を見る目が広がりました。

特攻隊だった方が、援助してくれました。子どもたちに、戦争のことも話してくれました。ボランティアの人たちに、私たちのベッドを提供して、私たちは子どもたちの中に入って、夜を明かしました。

「先生、ボクの横に寝たでしょう。ボクのお母さんのようで、とてもうれしかった」。そして、アルバムを見せてくれました。こんなに豊かな家の子どもだったんだ……。

東京都民生局児童課ができてからは、保母（現在は保育士）は子どもたちとともにあるべきだということで、民生局に移管されて、私は、養育院から縁が切れて、児童相談所に配属されました。

千葉県の長浦というところに養育院の長浦分院（その後、千葉分院となる）がありました。GHQが視察したら、子どもを世話する者が誰もいないと、苦情が出たそうです。それで、私が突然、そこに移され、子どもの面倒をみていました。

私の妹が世田谷に住んでいて、軽い肋膜を患っていたので、民生局に、東京への転任を申し出ました。それからは、麹町《こうじまち》、京橋、墨田の児童相談所、大塚駅近くの中央児童相談所と次々に転任しました。

ある日、そこに石神井《しゃくじい》学園の園長さんがやってきて、来ないかと言います。せっかくのお気持ちだから、転任してみようかと、おそるおそる行きました。そこに四〇歳から七〇歳まで勤務しました。都立石神井学園は、戦災孤児の収容から、保護者のいない児童養護施設へと変わっていきました。

たいがいの職員が六〇歳でやめていくので、私もやめようかと言いますと、若い保母さんたちが、辞めてくれるなと言うので、一年延ばしになりました。

昭和五八年、七〇歳のときに、みんなに黙って辞めました。「何でやめたの。やめないって言っていたのに」と叱られました。そのときの若い人たちとは今でも付き合っています。五〇歳代の人たちが何人か、年に一度集まって、お楽しみ会をします。そこに呼んでくれるのです。足が痛いから行かないといったら、車でお迎えに来てくれました。手作りのご馳走をつくって、おしゃべりして、楽しんで、お土産をもらって帰ってきます。なんで私みたいな年寄りをお仲間に入れてくださるのでしょうね。

苦労もあれば楽しいことも

石神井学園には、幼稚園から高校生までが暮らしています。苦労もありましたが、楽しいこともたくさんありました。

職員は親代わりです。学校でも先生、寮に帰ってきても先生じゃ心が休まらないというので、「お母さん」と呼ばせていました。

「悪い子」が入ってくると、私のところにあてがわれました。学校から苦情が来て、呼び出されると、「先生がお困りじゃ、よその施設に回しますから、事務所に言ってください」と言うと、「かわいそうだから、やはり、よそにはやれない」って。先生も愛情があるんです。

新任の教師はその子に手をやき、困ってしまっていて「石神井学園は大きいんだから、園内に学校を作ったらどうですか！」。どうしても嫌だ。あずかりたくないって言うんです。園内で教育すると、子どもたちに社会性がつかないっていうので、外の学校に通うことにしたのです。私がいくら下手にでてお願いしても「あずかりたくない!!」と言い張るのです。しまいには腹が立ってきて、「あの子だってネ、社会の子なんですよ。誰かがめんどうみなければならないでしょう。先生がめんどうみなくてどうするの」。

私の剣幕に先生は驚いちゃって、「わかりました。よろしくお願いします」と私に頭を下げて、それっきり苦情は来なくなりましたね。

親代わりとなって七五三を祝う

学校からの帰り道に小さなお店があって、学用品や駄菓子を売っていたんです。三、四人でガムを取ってきたので、お店に謝りに行きましたら、子どもたちは、「ひろし君は三つとったよ」「三つじゃないよ、四つだよ」と自慢しています。

「世間にうとい子どもたちなので、気をつけてください」とお願いしてきたりしました。

「女の子だってね、弱々しくしていたらだめ、強く生きなさい！」と、母親の気持ちで、いつも子どもたちをけしかけていましたね。

とし子の個人面接のとき、「とし子は強いですね、男の子を泣かすんですよ」。彼女は、漬物の会社に就職しました。間違って月給が少なかったとき、よその子はメソメソしているのに、私が育てた子は、事務所に乗り込んで行って「月給が少ない」って、取り返してきましたよ。

「あんたたちは、親があってもないのと同じ。親をあてにしないで、自分の力で生きなければいけないんだから」といつもそういって育ててきました。

「社会に出たら、よそにはよその仕事があるの、ここでは掃除当番があんたたちの仕事なんだから」。掃除を怠けている子どもに、そういって叱りました。

子どもたちは職員の顔色を見るんです。窓から見ていると、竹箒《たけぼうき》でチャンバラしている。箒からついで二階の部屋に上がってきたから、お庭きれいになった？ と聞いたら、「きれいになりました」って言う。

「そう、じゃあ、せっかくきれいにしたんだから、拝ませてもらおうか、見に行くね。そのかわり、ごみがあったら、あんたたちのご飯の上にそのごみをふりまいてやるから」。

あわてて箒を持って出て行って、庭を掃きなおしてきました。

寮には長い廊下があるんです。そこをからぶきします。往復六回を四日するので、二四回。だからピカピカに光っています。どこの寮も土曜日に、その廊下をクレンザーで洗って真っ白な板にしてしまいます。月曜日からまたからぶきするので、つやが出てくる。私は、洗わせませんでした。

「お母さん、ほんとにいいの？」

「いいのよ。せっかくつやが出ているのに、洗うことないから、そのかわり、汚したら、またもとに戻るよ」

「おい、汚すな、汚すな」と言って、ほこりがつくと自分たちできれいにしていました。風の強い日には、外から帰ってくると、足をふいて入る。子どもたちだけでやっているんですね。しまいには、私が黙っていても、いろいろいとやるようになりましたね。そうやって、子どもたちを、私の手のなかに入れて育てました。

子どもたちと写生を楽しむ

春の入学式、七五三、授業参観、入社式、母親代わりにいろいろなところに参加させてもらいました。楽しい思い出です。

秋の運動会は、どこの学校でも同じ日なんです。子どもたちが出場する時間もだいたい似ています。「お母さん、あたいの見に来てくれた？」。一つの学校で見ていると時間が終わってしまう。身体一つで、三つも四つも回れませんよ。

としお君は、授業中に教室を抜け出してどこかへ行ってしまう。先生は困ってしまい、画用紙を一枚あげておくと、絵を描いてすごしている。夏休みになると、としお、先生のところに遊びに来い、とおっしゃってくださる。夕方帰ってくると、先生と魚釣りに行ったという。

「一〇〇円もらってきた」。

その子が、だいぶ前に、結婚式に私を招待してくれました。その後も、「お母さんの家に行くよ」と、大型トラックの助手席にお嫁さんを乗せて何回か遊びに来ました。いろんな子どもがいましたね。

がまんできる子、強い子に

木のみかん箱で投書箱をつくったこともありました。

「自分の思ったことを書いて入れていいのよ。自分の名前は書かなくていいから。誰かにいじわるされて困ったこと、悔しかったこと、やってもらってうれしかったことなどを書いてね」。

隔週火曜日の寮集会（学園では寮生活していたから、各寮の自治会のようなもの）に、投書箱を開けると出るわ出るわ。

寮班長が、「だれさんは、これこれのことをしましたが、こういうことをしてもいいでしょうか？　悪いでしょうか？」と話し合うのです。

自分の名前をあげられるものですから、それからは、悪いことをしなくなりましたね。男女一緒のなごやかな寮になりました。私は、怒るときは怒るけれど、子どもとふざけるときはふざけて、よく遊びましたよ。

あるときから、小遣いが少し出るようになりました。よその寮は、日曜日ごとに、子どもの言うままに小遣いを下ろしていましたが、私は日曜日ごと下ろさず、貯金させました。子どもを郵便局に連れて行くんです。

「お母さん、僕のお金、なんで、あのおじちゃんにあげちゃうの?」。説明不足で納得できないらしい。

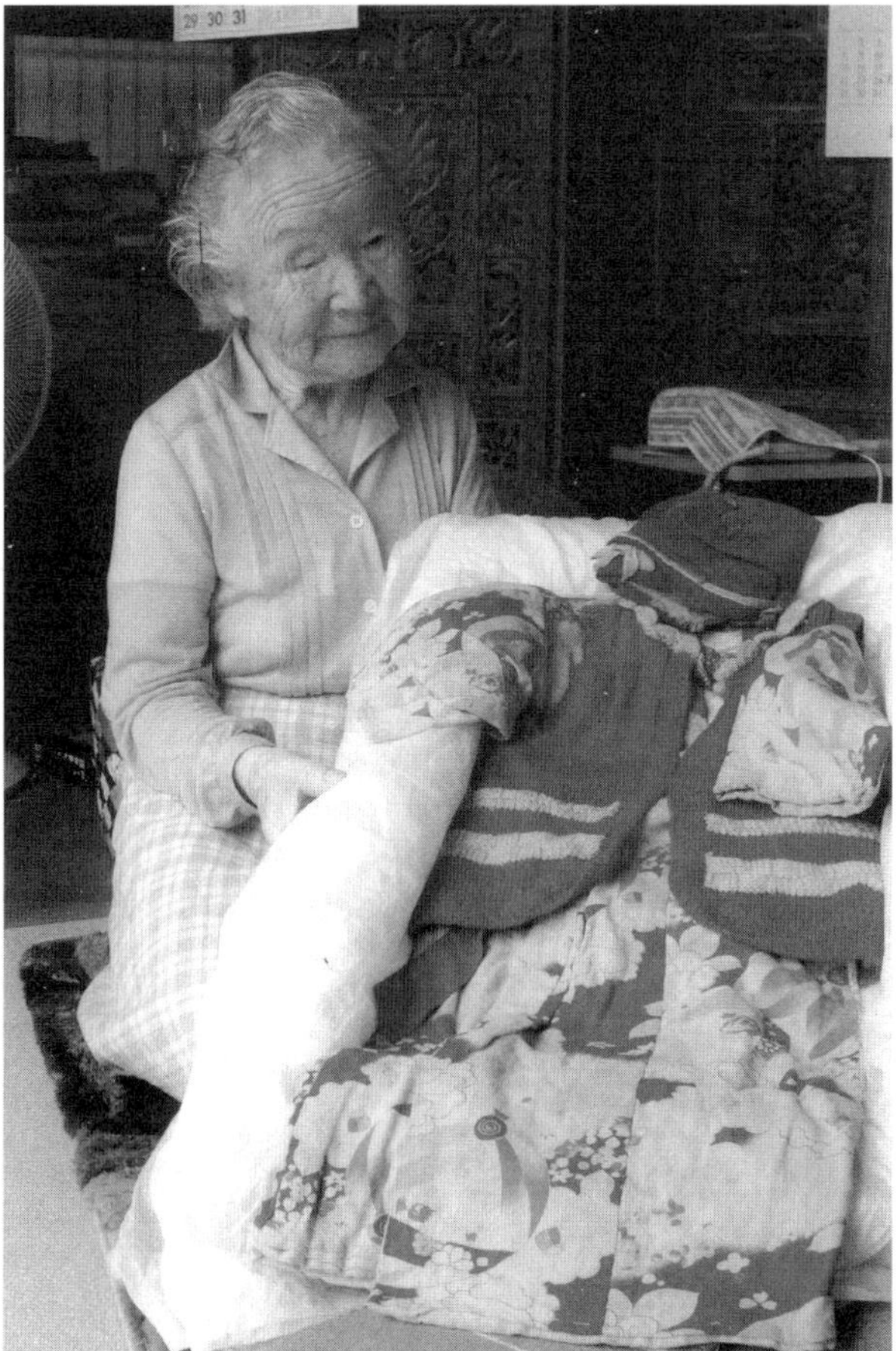

亡き娘の着物を愛おしむ十六さん

「おじちゃんにあずけておくと、ごほうびをくださるのよ」。不思議そうな顔をしていました。

通帳を開いて「としちゃん、おじちゃんにあずけた一〇〇円、一〇〇円って書いてあるよね、ここには違うお金が書いてあるでしょう、これはおじちゃんが、ごほうびにくださったお金だから、こんなに多くなってよかったね」。

それから「貯金する、貯金する」となって、二～三万円たまりました。それで自転車を買わせました。ラジカセを買った中学生もいます。


多摩動物園にお弁当をもって行くんです。普段はお小遣いは使わせませんが、この日は一〇〇〇円持たせるんです。ほかの寮は、普段使っちゃうから、三〇〇円か四〇〇円しかない。

「今日は、何でも買っていいからね。好きなものを買いなさい」。子どもたちは大喜びでした。

昔は、お母さんが内職をして子どもたちを育てました。子どもが、何かほしいといえば、「働いたお金で買ってあげるから、お金が入るまで待ってね」と、子どもにがまんするということを教えましたね。

だから子どもも、せっせとお母さんのお手伝いしようという気持ちになります。今は、お金がほしいと言えば、パッとあげますから、がまん強さが育ちませんね。

戦争のない世に

戦争なんかないほうがいいですよ。戦争ぐらい人の幸せを奪うものはありません。どうして戦争なんかしたんでしょうね。こういう結果になるとわからずに始めたんでしょうか。

日本の自衛隊がイラクなんかに出て行かなくたっていいと思うんですよ。国民は血税を無理して納めているのに。そんなむちゃなことに使ってしまうなんて、許せません。どこまでも憲法九条を守り戦争のない国であってほしいものです。

あの頃に手塩にかけた子どもたちは、七〇歳ぐらいになる者もいるはずです。みんなどんな生活をしているかしら。平和な家庭を営んでいることを願ってやみません。

お元気な十六さん95歳、妹の二三さん91歳（広瀬美紀氏撮影）

東京大空襲と鎌田十六さんのこと

早乙女　勝元

はじめに

三月一〇日はなんの日か、と聞かれて、「東京大空襲」とすぐに答えられる人は、今どのくらいいるのだろうか。

特に若い世代の場合、正解者はごくごく少数という調査結果がある。無理もない。あれから六十余年。高速道路が波のようにうねって、超高層ビルが乱立する東京には、広島・長崎・沖縄のような公立の記念館はなく、平和公園もない。軍人や軍属と違って民間の戦災被害者にはなんの援護も補償もなく、ないないづくしで、しかも「前世紀」の出来事である。

戦後世代が圧倒的多数となった現在、原爆や沖縄戦同様に東京大空襲の体験者は高齢化し、残り時間は少なくなった。人の体験は　六〇年を単位にして、「歴史」に移行するというから、体験者の直接の語りつぎは、もはや限界に近づきつつある。

この時を狙っていたかのように、戦争のできる国体制への暗雲が見え隠れしてきたが、今を生きる私たちに問われているのは、「過去の教訓を学ばぬ者は、再び同じあやまちを繰り返す」の警句ではないか。

ジワジワヒタヒタと迫り来る暗雲にストップをかけ、戦争を未然に防ぐには、戦争とはどんなものなのか実態を知らねばならない。調査なくして発言権なしだ。そしてその視点は、常に小さい者や弱い者の立場であるべきだろう。昔も今も、国の内でも外でも、彼らが最も深刻な被害者なのだから。

東京大空襲って何？

アジア太平洋戦争が、日本にとって破局を迎えた一九四四（昭和一九）年夏、米軍は圧倒的な戦力で、サイパン・グアム・テニアンからなるマリアナ諸島の、日本軍守備隊を壊滅させた。ただちに、長距離重爆機Ｂ29の前線基地化をはかる。

東京までの距離は約二三〇〇キロで、Ｂ29による日本本土空襲は、秒読み段階に入った。同年一一月末になると、東京は警戒警報と空襲警報の鳴りやまぬ日々となり、海の彼方にあったはずの〝戦場〟が国土に移行した。

日中戦争の初期に、中国各地を無差別に爆撃したのは日本軍だったが、それはブーメランのように舞い戻ってきたのだ。より強力により狂暴に。首都の東京が、爆撃の第一目標にされたのは当然である。

B29爆撃機

年が明けて、Ｂ29は「定期便」と呼ばれるほど休みなしにやってきたが、その最初の大規模空襲が三月一〇日の、東京下町地域への無差別爆撃である。

深夜、かつてない低高度で来襲したＢ29は約三〇〇機。一七〇〇トンからの高性能ナパーム焼夷弾《しょういだん》を満載し、東京湾上から超低空飛行で、人口過密地帯の下町地区に侵入、周囲を火の壁で包囲して、退路を失った人々の頭上を旋回しながら、連続波状攻撃をかけた。

猛火は折からの北風にあおられて、至るところで激流のようになり、路上を走り家屋をつらぬき、いくつもの運河と隅田川を結んで合流。たちまちのうちに、東京の東部一帯は巨大な火のるつぼとなった。

爆撃は二時間余で終わったが、火勢はますます盛んで、町並と人びとを舐めつくしていった。一夜にして一〇〇万人余が家を焼かれ、重軽傷者は数知れず、運河を、橋上を、焦土をるいるいと埋めつくした死者は、約一〇万人。主に男たちを戦場に送った留守家族たちで、女性や子どもたちに集中した大惨禍《だいさんか》だった。

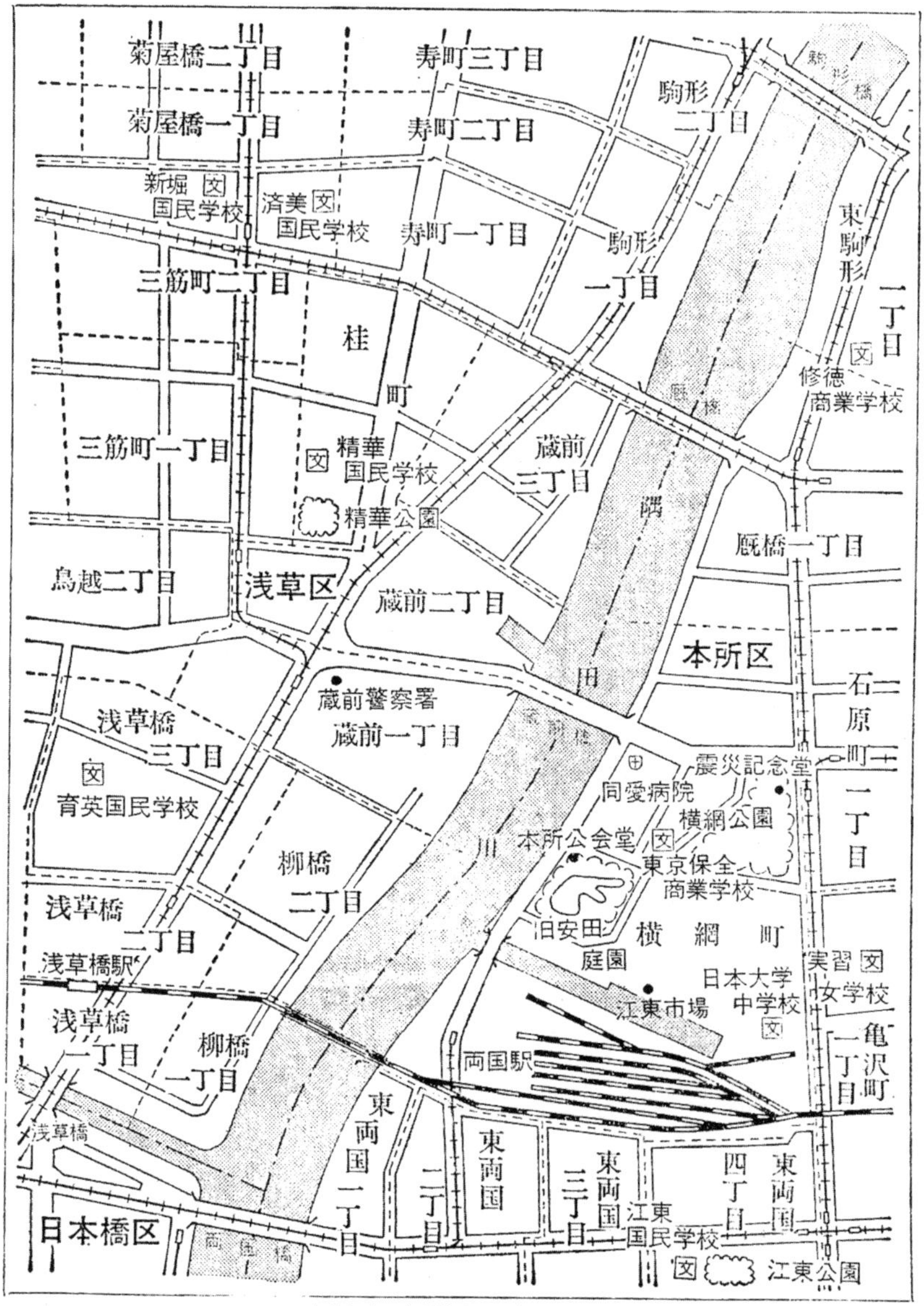

十六さん一家が住んでいた地域

数時間後の一〇日正午、大本営（天皇直属の最高首脳部）は、ラジオを通じて発表した。「……右盲爆《もうばく》ニヨリ都内各所ニ火災ヲ生ジタルモ、宮内省主馬寮は二時三五分、其ノ他ハ八時頃迄ニ鎮火セリ」と。

当局は、皇居の安泰しか眼中になかったらしく、一〇〇万人もの罹災者と一〇万人にも及ぶ都民の生命は、「其ノ他」でしかなかったのだ。民草と称されていた国民の生命や人権は、道ばたの雑草並みでしかなかったのである。

鎌田十六さんの場合

この日この時、本書の著者である鎌田十六さんは、浅草区（現台東区）蔵前二丁目に住んでいて、生後七カ月足らずの赤子を抱え、夫と実母との四人暮らしだった。

空襲激化で「オムツを入れたボストンバッグと母の身は夫が守ってくれ、私は早苗をしょって」避難したのは「隅田川のほとり」だったそうだが、地図で見ると、お宅は隅田川にほど近く、猛火の渦巻くなかで、火には水をと誰しもが思ったことだろう。

たどり着いたところは、厩橋と蔵前橋との中間地点で、「ちょっと入江になっている」ドッグみたいなゴミ捨て場だった。岸壁の車止めにつまずいた彼女は、三、四メートル下の水面へと転落する。その水中の現場はどんなであったか。

たまたま都民の立場で編纂《へんさん》された『東京大空襲・戦災誌』（全五巻）を調べたところ、第一巻の浅草編に、十六さんと同じゴミ捨て場から水面へ脱出した人の、複数の体験記があるのに気付いた。同時刻に同一場所での証言は貴重で参考になる。

次にいくつかを紹介しよう。清水竹代さんは近くの北松山町に住んでいて二七歳。入江の燃え盛るゴミ船の一端にしがみついていた。

　真赤な嵐がゴーッと襲ってきたかと思うと、人の顔より大きな火の粉がヒラヒラと容赦なく顔にペタリ、髪の毛にペタリと吸いついては消える。入れ替わりに大波に頭からザンブリとたたきつけられた。ブルブルっと身震いし、首をすくめる。背すじからモンペの腰紐《こしひも》までドーッと一気に流れる水は冷たく、ぞっと骨まで沁みた。

　再び熱風が攻めてくる。ドスーン、ザブリ、またまた波は私の身体を打ちのめす。波を被ると鼻に水が入り、息が詰まって苦しいので顔を上げる。火の固まりのようなものが、ゴツンと頬に当たって落ちた。身体が冷えて、手先に感覚がなくなってきた……。

浅草松屋屋上から見た焼け跡

また寿町に住んでいた三六歳の桜井いとさんは、九歳になる娘と一緒に、岸壁からの太い綱にすがって、水面へと逃れた。片手に綱を握り、片手に子どもを抱えて、必死に耐えていた。

「助けて、助けてくれ」という声が、闇の中に響くのです。先に飛びこんだ人たちが、川底に沈んでゆく瞬間の、「助けて」という叫びなのです。あとから飛びこんだ人は、人を台にして立ち、そのあとの人はまたその人台の上に立つのです。私は生来ののんびりさが幸いしたのでしょう。最後に飛びこんだので、川底に沈まないですんだのです……。

そのうち、つかまっていた綱が突然切れました。ゴミの焼ける火で、綱のくくりつけられていた元が、焼け落ちたのでしょう。でも私は、石の上にいたので沈まずにすみました。私の直感で抱いていた子は、もう駄目になったと思いました。

水たまりに残雪と薄氷が張りつめていた当夜の隅田川は、凍りつくような水温だっただろう。それこそ水攻め火攻めが、数時間にも及ぶ。生後七カ月足らずの早苗ちゃんは、どんなに苦しかったことか。

背負っていた背中だけは濡れていなかったと、十六さんは語っているが、赤子の体が密着していたからで、それでかろうじて生きのびられたのではないか。早苗ちゃんは、若い母親の身代わりになってくれたのである。

朝がきた。

避難所の学校へよろよろとたどりついた彼女は、白衣姿の女性から、背中の赤子がすでに亡くなっていることを、告げられる。地図で見ると、そこは精華国民学校にちがいなく、九歳の死んだ子を抱いた桜井いとさんも、夜が明けると、やはり同校へ駆けこんでいる。

前掲書には、たまたま精華小に避難して、二人の兄を失った一二歳の小池喜美子さんが校内の惨状を記録している。

ゴロゴロと人が横たわっている。死んでいるのか、生きているのかわからない。みんな膨らんだ顔で、だれだか見当もつかない。医者も看護婦もいたのだろうが、人びとはうめき声を上げながら、次々に死んでいく。この世の地獄だ。なんでもない人たちでも、みんな、目が真赤に充血している。もちろん私たちもそうだ。

先に引用した方たちもそうだが、小池さんもまた、ひょっとして校内のどこかで十六さんと、すれ違っていたのではないか。

浅草松屋屋上から見た焼け跡

しかし、生きるも死ぬも紙一重だった。阿鼻叫喚《あびきょうかん》のパニック状態で、ゆとりのある人なんかいない。誰もが半狂乱か茫然自失だから、どうすることもできない。やっとここまでたどりついた人も、「男女の見分けさえ」つかないまま力尽きて、次々と息を引きとっていく。

「なぜか涙は出ませんでした」と、十六さんは語るが、変わり果てた愛児の姿に、涙なんか出る余地はなかったのだろう。もはや通常の悲しみの限界を超えていたのだ。

現台東区の戦災死者は、行方不明者を入れて一万七六六四人、重軽傷者は一万七八〇人と公式に記録されており、人的被害は江東区、墨田区に次いでいる。隅田川を中心とする下町地区は一夜にして壊滅し、一望見渡すかぎりの焦土と化したのだった。

東京は、その後の四月、五月の大規模空襲を含めて、一〇〇回を超えるＢ29の火の雨にさらされ、開戦時六八七万人だった区部人口は、敗戦時には二五三万人に激減した。

全都の戦災死者は一一万五〇〇〇人以上、負傷者は約一五万人、罹災者《りさいしゃ》は約三一〇万人ほどかと推定されるが、国による民間人援護のための個別の追跡調査が行われていないので、確定数ではない。

戦災孤児と共に生きて

鎌田十六さんの体験記「あの戦争がなかったら……」を一読したのは一九九一年で、二昔ほど前のことである。たまたまわが家に送られてきた『炎と飢えと―平和を求めて』（新日本婦人の会国分寺支部）の小文集に、収録されていたのだった。

一五、六人からなる一篇で、それほど長いものではなかったが、読み終えた私は衝撃を受けて、しばらく息がつけなかった。戦争になったら、女性や子どもたちはどうなるのかを、この記録は語りつくしているように思われる。

一九七〇年に東京空襲を記録する会が発足してからというもの、私は相当量の戦災体験記に目を通してきたが、これはあまりにも悲しく痛ましくてやりきれず、読むのもつらいが書いた方の気持ちは、どんなであったかと思い悩んだ。

十六さんは、早苗ちゃんをわが身のぬくもりのなかで失い、一夜にして夫と母親まで戦火に奪われている。一〇万人もの都民が死んだのだから、おぶっていた赤子を亡くした母親は多いはずだが、書くことにためらいがあるのか、当事者による記録は非常に珍しい。

数日後、やっと入江の水中に倒れていた夫を発見し、愛児と一緒に並べて荼毘に付した。そこまでなさった方はまたさらに少なく、想像するだに戦慄を覚える。ご自身は、燃える火中に飛び込んでいきたい心境ではなかっただろうか。

しかし、十六さんの記録の、もう一つの得がたい特色は、戦後の生き方である。

三人の家族を失った彼女は、両親や肉親をなくした戦災孤児の母親代わりになって、児童養護施設で働く。「お母さん」と呼ばれて、七〇歳まで働いたという。再婚してまた母親になる選択肢もあったはずだし、そうしても誰も責める人なんかはいない。しかし、「あの悲惨な死出の旅に追いやられた家族のこと」が忘れられず、同じ悲惨な戦禍の過去を持つ子どもたちと、共に生きる

子どもたちに「お母さん」と呼ばれた十六さん

道を選んだのはみごとで、頭の下がる思いである。
「人間にとって、もっとも得意とするのは忘却であり、不得意なのは想像力である」
とは、どなたかの言葉だったが、少なくとも十六さんには当てはまらなかった。その原点はと考えてみるに、やはり、この人の三月一〇日の悲惨な体験にあるのではないか。

四年ほど前に、私の紹介で十六さんをインタビューした東京新聞の出田記者は、お宅で質問している。どうして施設で働こうと思ったのですか、と。十六さんは、少し間を置いてから答えたそうだ。

「自分の子がね。私の代わりに育ててって、言った気がしたの……」

その一行で、またまた胸が熱くなって、何度かお目にかかった小柄な姿が、にわかに大きく心に迫ってくるかのように思えた。

さいごに

本書は、鎌田十六さんの初出記録を基本に、いくつかの取材資料を照合した入澤康仁氏（本の泉社）が、さらに直接に訪ねて補足してリライトした。その労に感謝したい。

先頃、十六さんから、民立民営の東京大空襲・戦災資料センター（江東区北砂一ノ五、電五八五七・五六三一）に、早苗ちゃんの形見の着物などが提供され展示されて、参観者の注目を集めている。センターも増築し、語り継ぎの場が充実したが、同時に東京大空襲被害者や遺族たちによる、政府の戦争を始めたことへの謝罪と補償を求める裁判が、東京地裁で進行中だ。原告一一二名のうちの四割が、両親や肉親を戦火に失った戦災孤児である。戦中から現在にまで続く「其ノ他」の人権無視は憲法違反で、民主主義の「民」を取り戻すべく決して泣き寝入りはしないとする人びとの、決意の証しといえよう。

十六さんの娘・早苗ちゃんの形見の着物

「戦争・空襲の惨禍の再来を許すな、未来世代に平和のバトンを」という声が声により広まることを期待しながら、ことし九五歳を迎えた鎌田十六さんが仲の良い妹さんとともに、いつまでもお元気で（！）と、願ってやまない。

（作家・東京大空襲・戦災資料センター館長）

を伝えています。

3階の資料・展示保管室には、実際に投下された焼夷弾、焼け焦げた子どもたちの着物や防空頭巾、高熱で溶けた瓦と皿、空襲の記録などが並べられ、空襲の写真も展示されています。また、灯火管制下の庶民の暮らしぶりを再現した部屋、警防団の服などの展示から「防空」のためにどのように生活していたか、わかるようになっています。

「戦争と子どもたち」の部屋（3階）

「戦争と子どもたち」の部屋は、戦時中の教育や学童疎開などをテーマにしています。

さらに、早乙女館長の著作と活動など、「平和のメッセージコーナー」があります。

◇センターの活動

●研究活動

2006年から活動を始めた「戦争災害研究室」を中心に、空襲や被災体験の記録を収集・整理して分析を行っています。

研究会では、空襲や防空の実態、戦後補償問題などを取り上げるとともに、空爆をめぐる論考の検討もしています。また、無差別爆撃についてのシンポジウムを開催したり、『戦争災害研究室だより』や報告書の発行を行っています。

●出版活動

空襲体験者の聞き書きをまとめたり、開催したイベントの記録の小冊子を刊行しています。なかでも、『戦災資料センターから東京大空襲を歩く』は、当時をしのんで、ゆかりの地を歩くためのガイドブックとして好評です。

灯火管制下の暮らしぶりを再現した部屋

●イベントと交流

毎年、3月10日前後に、ゲストによる講演や、若い世代の活動を紹介する「東京大空襲を語り継ぐつどい」を開催しています。

5月5日の「世界の子どものための平和像」記念の集い、夏休みの「空襲体験者のお話を聞く会」など、さまざまなテーマでイベントを実施し、市民との交流を深めています。夏と冬に特別展を開催しています。

【東京大空襲の惨禍を語りつぎ、平和といのちの尊さを考える】

「東京大空襲・戦災資料センター」の紹介

◇センターの見どころ

東京大空襲・戦災の被災品や文献を収集・展示した「東京大空襲・戦災資料センター」は、2002年３月に、東京・江東区北砂にに開設されました。

母子像「戦火の下で」（河野新 作）

1945年（昭和20年）３月10日未明、約300機のアメリカ軍の爆撃機Ｂ29による東京下町地区を目標とした無差別爆撃で、人口密集地帯は火炎地獄と化し、罹災者は100万人を超え、推定10万人もの命が奪われました。

東京は100回以上もの空襲を受けて、市街地の６割以上を焼失しました。

このような民間人のこうむった戦禍を風化させることなく未来に継承していくため、「東京空襲を記録する会」は、1970年より、この空襲・戦災の被災品や文献を広く収集してきました。

しかし、1999年に、東京都の「平和祈念館」の建設計画が凍結となったため、「記録する会」と財団法人政治経済研究所は、民間募金を呼びかけました。これに応えて4000人を超える市民の協力によって、2002年３月に、戦禍の最も大きかったこの地にセンターを完成させました。

2007年３月には増築し、展示を充実させて、修学旅行生など若い世代の「学びの場」としての環境を整えました。

センターの１階には、図書室があり、空襲・戦災に関する文献が配架されており、館内で閲覧することができます。

２階の会議室では、映像資料を観たり、団体参観でご要望があれば東京大空襲の体験者の話を聞くこともできます。また、壁面には小野沢さんいち氏、井上俊郎氏らの「空襲」を描いた多くの絵画や被災地図などがあり、当時の惨状

３階の資料・展示室の内部。中央は焼夷弾の現物と集束焼夷弾の原寸模型

◇センターの歩み

2002年３月：センター開館
　　　６月：シンポジウム「都市空襲を考える第１回」開催
　　　７月：戦災資料センター友の会発足
2003年３月：「開館１周年のつどい」開催
　　　４月：シンポジウム「都市空襲を考える第２回」開催
2004年３月：３階展示室に「子どもたちと戦争」コーナー開設
　　　３月：「開館２周年のつどい」開催
　　　12月：シンポジウム「都市空襲を考える第３回」開催
2005年３月：開館３周年・東京大空襲60周年のつどい」開催
　　　５月：「世界の子どもの平和像完成４周年・東京大空襲60周年のつどい」開催
　　　12月：シンポジウム「都市空襲を考える第４回」開催
2006年３月：「東京大空襲を語り継ぐつどい―開館４周年」開催
2007年３月：戦災資料センター、リニューアルオープン
　　　３月：「語り継ぐ東京大空襲―開館５周年のつどい」開催
　　　７月～８月：特別展「東京大空襲の生き証人―鈴木賢士写真展」開催
　　　10月：シンポジウム「無差別爆撃の源流―ゲルニカ・中国都市爆撃を検証する」開催
　　　12月～2008年１月：特別展「ＶＯＩＣＥ―知らない世代からのメッセージ展」開催

◇開館のご案内

開館日時水曜日～日曜日12時～午後４時
休館日月曜日・火曜日　年末年始（12月28日～１月４日）
協力費一般300円中・高校生200円小学生以下無料
10名以上の団体の方は、事前にご連絡ください。
学校等の団体の場合は、開館時間外や休館日でもご相談に応じます。
車椅子用エレベーターおよびトイレがあります。駐車場はありません。

◇所在地および連絡先

東京大空襲・戦災資料センター
〒136-0073　東京都江東区北砂1-5-4
tel.03-5857-5631　fax.03-5683-3326
Web：http：//www.tokyo-sensai.net/

東京大空襲参考図書

- 『東京大空襲・戦災誌　第1巻〜第5巻』東京大空襲・戦災誌編集委員会編、東京空襲を記録する会、1973〜1974
- 復刊『東京都戦災誌』東京都編、明元社、2005
- 復刻版『東京大空襲の記録』東京空襲を記録する会編、三省堂、2004
- 新版『東京を爆撃せよ―米軍作戦任務報告書は語る』奥住喜重・早乙女勝元著、三省堂、2007
- 『図説東京大空襲』早乙女勝元著、河出書房新社、2003
- 『東京大空襲の記録―写真版』早乙女勝元編著、新潮社、1987
- 『図録　東京大空襲展―今こそ真実を伝えよう』東京大空襲六十年の会編・刊、2005
- 『母と子でみる東京大空襲』早乙女勝元編、草の根出版会、1986
- 『東京大空襲ものがたり』早乙女勝元作、有原誠治絵、金の星社、1991
- 『絵本　東京大空襲』早乙女勝元作、おのざわさんいち絵、理論社、1978
- 『東京大空襲60年母の記録―敦子よ涼子よ輝一よ』森川寿美子・早乙女勝元著、岩波書店、2005

東京大空襲・戦災資料センター出版物

- 『戦災資料センターから東京大空襲を歩く』2005年、300円
- 『語り継ぐ東京大空襲　いま思い考えること』2003年、300円
- 『語り継ぐ東京大空襲　いま思い考えること　「2周年のつどい」レポート』2004年、300円
- 『語り継ぐ東京大空襲　いま思い考えること　戦災資料センター開館5周年のつどい』2007年、300円
- 『都市空襲を考える』2002年、500円
- 『都市空襲を考える・第2回』2003年、500円
- 『都市空襲を考える・第3回』2005年、500円
- 『都市空襲を考える・第4回』2006年、500円

修学旅行や社会科の学習に、小・中・高校生が戦災資料センターに訪れています。
空襲体験者のお話を聞いている子どもたち。

語《かた》り継《つ》ぐ東京大空襲《とうきょうだいくうしゅう》
3月10日《さんがつとおか》、夫《おっと》・子《こ》・母《はは》を失《うしな》う
炎《ほのお》の中《なか》、娘《むすめ》は背中《せなか》で……

2008年3月10日　初版第1刷

著　者　　鎌田十六《かまたとむ》・早乙女勝元《さおとめかつもと》

発行者　　比留川　洋
発行所　　株式会社　本の泉社
〒113-0033　東京都文京区本郷2-25-6
電話 03-5800-8494　FAX 03-5800-5353
http://www.honnoizumi.co.jp/
編　集　　東京大空襲・戦災資料センター
〒136-0073　東京都江東区北砂1-5-4
電話 03-5857-5631　FAX 03-5683-3326
http://www.tokyo-sensai.net/
印刷・製本　　信毎書籍印刷株式会社

Printed in Japan　ISBN978-4-7807-0369-6
※落丁本・乱丁本はお取り替えいたします。
※定価はカバーに表示してあります。